KB025059

너의 모든 순간이 빛나고 있어

너의 모든 순간이 빛나고 있어

글·그림 꿀김

새벽세시

Prologue

암담한 현실을 외면한 위로는
도움이 되지 않는다고 생각합니다.

진짜 위로가 되어주고
살아갈 희망을 불어넣어주는 건,
비록 어둡고 힘들다고 할지라도
현실을 똑바로 응시하며 나아가는 것입니다.

그 어떤 순간에도
묵묵히 나의 길을 가고자
그림을 그려나가고 있습니다.

내 삶의 방법들과 나의 그림들이
당신에게 작은 위로가 되었으면 좋겠습니다.

당신의 모든 순간이 찬란하기를.
그 어떤 어둠 속에서도 빛이 나기를.

모두가 지하 깊고
어두운 곳까지
으악
으악
떨어져 버렸어도
끝났어
그 상황에서도
몇몇은
별을 바라보고있다
할수이따
해낸다

차례

1장 ◆ 모든 밤들이 반짝이고 있어

2장 ✧ 존재만으로 빛나고 있어

3장 ◆ 있는 그대로 사랑하고 있어

4장 ◆ 언제까지나 함께하고 있어

1장

모든 밤들이 반짝이고 있어

어디가?
별이 강에 빠졌어
호다닥
바보! 하늘의 별이 강에 비치는거야
멍청
멍청
첨벙
ㅋㅋ
ㅋㅋ
와아! 이것봐
...

아무도 믿어주지 않아도

세상 그 누구도 나를 믿지 않을 때도, 나만은 나를 믿어주어야 한다. 누군가 내가 하는 일이 틀렸고, 원하는 것을 결코 얻지 못할 거라고 말하더라도 말이다. 스스로의 한계를 그을 수 있는 사람은 자신뿐이다. 자기에 대한 믿음은 앞으로 나아갈 자신감과 용기가 되어준다.

아무것도
안보이는데?
그러게
뭐가 있다는
거야?
엇!
딸칵
!
억지로 보려고 하면
보이지 않는 것들

억지로 보려고 하면 보이지 않는 것들

흘러가는 구름과 하늘의 별들, 그 안에 담겨있는 사람의 마음. 전부 억지로 보려고 하면 볼 수 없는 것들이다. 많은 수식어와 지나친 노력들을 거두어 내고, 아름다운 것들을 찬찬히 바라보고 싶다.

행복을 찾고 싶은데
도저히 못찾겠어
행복은 네 꼬리에
달려있는거야
행복은 잡으려하면
잡을 수 없지만
빙글
행복
빙글
꿈을 향해 달려가면
행복은 너를따라온단다
행복

행복은 꼬리에 달려 있다

행복해지려고 애쓸수록 오히려 불행해진다. '행복하고 싶다'는 생각이 우리의 발목을 잡는 탓이다. 그럴 땐, 아주 작은 목표를 하나 정해서 나아가는 게 도움이 된다. 무언가에 집중하다 보면 잡념이 사라지고, 그 자리에는 어느새 행복이 가득 차 있을 것이다.

행복은 언제나 내 안에 숨어 있다

행복이라는 말만큼 단순하면서도 손에 쥐기 힘든 단어는 없는 것 같다. 처음 보는 사람에게도 서슴없이 꺼내는 아주 쉽고 가벼운 단어이지만, 그 실체를 나는 여태 한 번도 제대로 본 적이 없다. 한평생 행복한 삶을 바랐지만, 정작 행복하다는 감정은 잘 알지 못했다.

행복은 아주 작고 소소한 일상에 숨어 있다는 말을 들었다. 모두가 부러워할 만한 성공과 발전은 나를 행복하게 하겠지만 오래도록 내 기억 속에 남는 진정한 행복은 사실 내 일상 곳곳에, 이 순간에도 내 옆에 머물러 있다는 얘기다.

그래서 내 기억 속에 오래 자리하는 기분 좋았던 순간들을 떠올려봤다. 맑게 갠 햇빛 아래에서 보송하게 마른 이불 냄새. 한여름 나무 그늘에서 느끼는 산들바람. 여유로운 주말, 고소한 커피 냄새와 함께 먹는 바삭하고 담백한 빵. 남이 들으면 그게 뭐라고, 하면서 비웃을지 모르는 그 순간들을 떠올릴 때마다 내 입가엔 절로 미소가 지어진다.

행복은 바로 그런 것이다. 남들에게는 설명할 수 없지만 내 가슴에 오래도록 남는 아주 소소하고 작은 순간들. 어쩌면 내일 또다시 느낄 수도 있는 익숙하고도 반복적인 나의 하루들.

그런 생각이 들자 절로 안도의 한숨이 흘렀다. 그토록 찾던 행복이 실은 이미 오래전부터 나와 함께였다는 생각이 들어서.

쫌 쉬다하자
털썩
ZZZ

오늘은 이만 쉬어가도 돼

뜻대로 풀리는 않는 날에는 잠시 쉬어가기로 했다. 못한다고 주눅 들지 않고 단지 지금 내가 할 수 있는 작은 일을 해나가면서. 이미 충분히 잘하고 있다. 잠시 멈췄다고 해서 견고한 일상의 행복이 무너지진 않는다.

동태눈 하지마
들어도 전혀 모르겠어
이게 정말 맞는건가
한심
물에서는 내가 최고였는데
와! 멋져!
와 와
여기서 나는 뭘 할 수 있는걸까..

자꾸만 존재감이 없어질 때

존재의 가치는 장소와 상황에 따라 달라진다. 외부 환경으로 인해 빛이 나기도, 차갑게 식어 버리기도 한다. 나의 노력만으로 나아지지 못할 때는 주위 환경을 생각해 본다. 모든 문제가 나에게만 있는 건 아니다.

제대로 할 줄 아는게
하나도 없는데..
왜 나만 안되지
자꾸 안되지..
매일 혼나기만 하고
세상은 무섭고 두려워
그래도.. 나는 할수있따
할수있따! 할수있어
해낸다! 할거다! 한다!
끄엉
끄엉

응원을 건네는 밤

아무것도 풀리지 않는 하루. 할 수 있는 일도 실수하고 할 수 없는 일을 거절 못 하고 엉망진창으로 만든 하루. 늦은 밤, 그래도 내일은 할 수 있다. '해내고야 만다' 하고 되뇌던 밤.

10년을 달리고나서 알게됐어
난 달리기에 정말 소질이 없다는걸
그걸이제 아냐!
그런데도 계속해서 달리는건
내가 달리기를 정말 좋아하기 때문이야

내 마음에 귀 기울이기

종종 멈추어 내 마음이 무엇을 원하는지 솔직하게 마주하려고 한다. 내가 좋아하는 것이 무엇인지, 어떤 방식으로 삶의 이야기를 그리고 싶은지. 내면의 이야기에 귀를 기울이지 않는다면 내 인생이 아닌 타인의 인생을 살아가게 될지도 모른다.

내일은 오늘보다 행복하길

강아지 구름이 몰고 올 내일은 오늘보다 행복하기를 바란다. 힘든 시간은 지나가고 새로운 희망과 꿈이 모두에게 찾아오면 좋겠다. 커다란 변화는 없을지라도 어제보다 조금씩 나아지는 하루를 맞이하길 소망한다.

다른 누구도 아닌
참방
참방
내가 찾아낸
쑥
나의 꿈 한조각

숫자는 1에서부터 시작하는 법

다른 사람이 가진 큰 별보다 내가 지금 얻은 작은 별 한 조각이 더 소중하다. 꿈은 그렇게 거창한 게 아니다. 작은 일상에서 이룰 수 있는 것들을 하나하나 해나가다 보면, 언젠가 그 작은 것들이 모여 커다란 현실을 만들어낸다.

오늘도 잘 살았다

바쁘게 살다 보면 때때로 내 호흡을 망각할 때가 있다. 사람은 분명 산소가 있어야 살 수 있다는데, 그러니 죽지 않고 존재하는 지금의 나도 분명 끊임없이 들숨과 날숨을 반복하고 있을 텐데, 아이러니하게도 하루 중에 내 숨소리를 제대로 들은 적은 잠들기 전 아주 잠시뿐이다.

뜨겁고 빠르게 타오르는 당신의 모든 순간 속에서도 당신의 몸은 끊임없이 숨을 내쉬고 있다. 그래서 나는 유난히 하루가 지치고 힘들 때마다, 잠시 자리에 멈춰 서 눈을 감고 조용히 내 호흡을 들여다본다. 나는 오늘도 잘 살아있구나, 나도 모르는 내가 나를 살리기 위해 열심히 노력하고 있구나. 그런 생각이 들 때마다 큰 위로를 얻는다.

그렇게 걸음을 멈추고 고요를 즐기다 보면 내 호흡만이 아닌 오늘 하루 나를 스치고 간 다른 사람들의 작은 친절과 좋은 마음들이 떠오르기도 한다. 나와 함께 있는 힘을 다해 자기 몸을 태웠던 다른 사람들의 노력과 열정도 느껴진다. 나는 이 세상에 혼자가 아니구나. 또 다른 위로가 나에게 다가온다.

삶이 버겁게 느껴질 때마다 당신도 잠깐의 고요를 즐겼으면 좋겠다. 그 적막한 공기 속에서 당신의 호흡을 느끼고, 당신에게 다녀간 타인의 따스한 손길과 눈짓을 되새겼으면 좋겠다.

당신, 오늘도 참 잘 살았다.

세상이 아무리 나를 미워하고 상처줘도
그런 말들은 중요치 않아
이게 나야!

내가 그렇다면 그런 거야

내가 나를 미워하는 순간, 세상에 나를 좋아하는 사람은 단 한 명도 존재하지 않게 된다. 조금 못생기고 능력이 부족해도, 설령 모자란 부분이 있다고 해도 적어도 나 자신만은 나를 아끼고 사랑해줘야 한다.

흠
흠
흠
빵
오른 쪽꺼
네가 먹어
아니다!
왼쪽꺼 먹어
샥
쟤가 들고 있는게
자꾸 더 커보이지?
놈
놈

내 것이 아닌 것

우리는 습관적으로 내 것보다 남의 것을 더 좋고 크게 여기곤 한다. 그러나, 비교만큼 인간을 불행하게 만드는 감정은 없다. 행복을 위해서는 남이 가진 것을 보기보다 지금 자신에게 있는 것을 소중하게 여겨야 한다.

이번에 산거야
너무 멋지지?
새로나온 별이야
너무 반짝거려!
너무 부럽다
나도 갖고시퍼~
난 별이 없어 ㅠㅠ
반짝
반짝

진정 빛이 난다는 것

그 어떤 명품도 사람의 가치를 높여주지 못한다. 그 어떤 학벌이나 직위도 마찬가지다. 겉보기에 반짝이는 것을 가지려고 애쓰기보다, 주변의 소중한 사람들에게 시간을 쓰고 사랑을 아낌없이 나눌 줄 아는 내면이 은은하게 빛나는 사람이 되고 싶다.

줄서
영차
영차
이걸 왜오르는 거야?
다들 하니까

스스로에게 길을 묻다

뒤처질까 두려워 무작정 남들을 따라가다 보면, 결국에는 공허함만 남게 된다. 타인의 기준을 지키느라 자신의 기준을 무시하고 내려둔 까닭이다. 저마다 원하는 인생의 모양은 다르다. 그에 대한 답은 자신만이 내릴 수 있으므로 자신이 가는 길은 온전히 스스로가 선택한 길이어야 한다.

남들은 몇년이면 될
일들이
취업성공
창업성공
나는 많이 부족해서
10년이나 걸렸어
이제
어야
먼길을 돌아오느라
시간이 가는줄 몰랐어
이길도
아니야
이런 부족한 나지만
받아줄래?

부족해도 괜찮아

모든 게 조심스럽고 느린 나. 남들은 금방 척척 해내는 일도 오래 고민하고 늦게 시작했고, 사람을 좋아하는 일도 사랑을 고백하는 일도 한참을 늦어서 너무 멀리 돌아왔다. 그래도 그런 나를 그대로 받아들이기로 했다.

인생의 조연에 불과한 나를
척
언제나 주인공으로 만들어주는 사람
소연아 네가 짱이야
제일 멋져
CHEER UP
할수있어!
그래!

내 인생의 주인공

스스로가 인생의 조연처럼 느껴질 때가 있다. 반짝반짝 빛나는 주인공 옆에 서 있는 초라한 존재. 그럴 때마다 내 옆의 사람들로 인해, 나는 다시 내 인생의 주인공이 된다. 서로를 특별하게 만들어주는 너와 내가 만나, 우리 인생의 찬란한 주인공이 된다.

근데 대장은
헉
놈
놈
놈
부리가 짧아도 먹이를 잘잡네 ?
신체조건은 내게 문제가 아니거든

단점으로 보이는 축복

도요새에는 '긴 부리'를 가진 종과 '짧은 부리'를 가진 종이 있다고 한다. 깊은 곳까지 파헤쳐 먹이를 잡을 수 있으니, 긴 부리는 큰 장점이다.

짧은 부리는 단점처럼 보인다. 그러나, 다를 뿐이지 부족한 건 아니다. 긴 부리 도요새들은 갯벌 속 깊은 곳의 먹이를 잡고, 짧은 부리 도요새들은 갯벌 표면이나 얕은 곳에서 먹이를 잡아먹으며 살아간다.

오히려 짧은 부리로 인해 생긴 큰 장점도 있다. 부리 길이가 다른 덕에 먹을 수 있는 먹이 종류도 달라져, 많은 도요새가 함께 살아도 큰 다툼 없이 살아갈 수 있게 된 것이다.

얼핏 보면 단점인 것이 사실 큰 축복인지도 모른다.

나만이 개척하는 길

사람은 평생 자기 몸에서 나는 냄새를 느끼지 못한다고 한다. 후각은 다른 기관보다 적응력이 월등히 빨라, 낯선 냄새라도 금방 적응해 얼마 가지 않아 제대로 느끼지 못하게 되기 때문이다.

이는 자신의 가치와 매력을 알아보지 못하는 오늘날 우리의 모습과 비슷하다. 저마다 빛나는 보석을 지니고 있으면서도, 익숙함에 무뎌져 그 가치를 알아보지 못한다. 그리곤 자신이 가진 것이 남들의 것과 다르다는 이유로 사람들은 실망하고 좌절한다.

조금이라도 다른 사람과 같아지기 위해 자신을 속이고, 가지고 있는 보석을 제멋대로 깎고 깨트려 자신과는 전혀 맞지 않는 돌덩이로 만들어 버린다. 그렇게 다듬고 다듬어 완성된 엉뚱한 조각을 보면서 사람들은 또 한 번의 좌절을 맛본다.

끝없이 이어지는 비교의 굴레 속에서 우리는 과연 무엇을 얻을 수 있을까. 성공한 사람과 나의 삶을 비교해 가며 나를 성찰하는 태도는 더 나은 나를 위해 어느 정도 필요하겠지만, 무작정 나를 바꾸고 다른 사람의 가치를 좇으면 나만의 장점과 매력마저 잃어버릴 수 있다.

타인을 부러워하는 내 삶 역시, 다른 누군가에겐 배우고 싶고 본받고 싶을 만큼 귀하고 특별하다. 태어나서 평생 마주한 탓에 자신의 매력과 가치가 너무나 익숙해져 버려 그 소중함을 잘 느끼지 못하겠다면, 다른 시선과 마음으로 남들이 가지지 못한 나의 장점을 찾아보자.

와~저 상처봐
엄청많아
쿵
쿵
무서워
저 사람앞에서 아프다고
하면 안되겠어
엥 엥
저런
내 다리
많이 아프지! 얼릉
치료 해야해!!

상처는 비교 대상이 아니다

상처의 크기와 상관없이
상대의 아픈 상처에
함께 슬퍼해줄 수 있는
사람이 되고 싶다.

그 어떤 상처도
비교 대상이 될 수 없다.

모든 상처는
어루만져주어야 할
저마다의 아픔을 지녔다.

오늘은 너무 힘들고 지치는 하루였어.
흑
흑
번뜩
힘내..여보

당신이 잠든 사이

힘들었던 하루. 전하지 못할 말들을 삼킨 채 잠든 당신. 잠이 든 순간만큼은 편안했으면 좋겠다. 힘들었던 모든 일을 잠시 잊고 고요하게 잠들 수 있기를. 잠이 든 당신의 옆에서 가만히 바라본다.

그게 머가 슬퍼! 나는
엄마가 돌아가셨어!
엉엉
내 인형
내앞에서 울지마라
난 두분다 돌아가셨어!
다들 조용히 해라
난 전쟁으로 나라까지 잃었어
그럼 난
슬퍼하면
안돼요?

슬픔의 크기

슬픔을 크기로 비교하여 정당성을 부여하면, 결국에는 누구도 힘든 마음을 표현할 수 없게 된다. 슬픈 마음에는 저마다 이유가 있다. 그러니, 슬플 때는 마음껏 슬퍼해도 된다.

전 아무문제 없어요!
원하는 목표 모두 이루며
살고있죠
음
쓱쓱
5년간 사귄남자친구와
이별하고 친구가 병으로
돌아가셨었네요?
아.
쓱
너무 바쁘게 살아서
잊고 살았어요.. 그런
일이 있었죠..
바빠서 내상처를
돌아볼 시간조차
없었어요..

시간이 약이 되지 않을 때

지금껏 아무런 문제 없이
평범하게 살아왔다고 생각했다.

문제가 없던 게 아니었다.
나도 모르게 지나쳤지만
기억 속에 트라우마로 남아있었다.

감당하기 힘든 아픔을 표현하지 못해
몸과 마음이 잊어버리는 방법을
선택한 것뿐이었다.

잊고 산다고
모든 상처가 치유되는 건 아니다.

찬찬히 돌아보고 안아주어야
비로소 치유되는 상처들이 있다.

힘들면 힘들다는 말
개힘들어
아프면 아프다는 말
아파서
오늘은 쉴래
지치면 하기싫다는말
포기
할래
어른이 되면서 점점
참아야 하는 말들
여보!
아빠!

할 수 없는 말들

나이를 먹으면서 할 수 있는 것들보다 해서는 안 되는 것이 많아지고, 새롭게 도전할 수 있는 것들보다 지켜내야 할 것들이 많아졌다. 그렇게, 하고 싶은 말들보다는 해서는 안 되는 말들이 점점 늘어갔다.

난 잘난게 하나 없지
별다른 꿈도 없고 남들
기대에 맞추지도 못해
남들보다 훨씬 뒤쳐졌지만
나도 달리고 있어 !
무엇보다 나는 나를
응원해

행복의 속도

다른 사람의 행복과 나의 행복은 다르다. 내 행복을 위해 조금씩 나아가고 있다면 그 누구도 부러워할 필요가 없다. 그저 묵묵히 걸어가자. 행복을 향해서.

미안해~너무 바빠서 내 얘기를 신경못썼어
정말
천천히 내가 하고싶은 것을 찾아보자
응!
나랑 노니까 너무좋아 또 나랑놀자!
응!
나에게 가장 필요한 사람은 바로 나

나에게 잘하기

자기 얘기가 하고 싶어도
남의 얘기만 들어주는 사람.

자기가 먹고 싶고
하고 싶은 것보다,
남이 원하는 것에만
신경 쓰는 사람.

다른 사람만 배려하다 보면,
누구보다도 소중한 자신에게
소홀해질 수 있다.

평생을 함께할 스스로에게
가장 먼저 잘해주자.

슬퍼할 수 있는 자격

'그런 일로 슬퍼하면 나중에 어쩌려고 그래?'

언제부터인가, 남에게 슬픔을 드러내지 않게 되었다. 나약함을 들키고 싶지 않아서가 아니라, 내가 가진 슬픔과 자신의 것을 비교하는 사람들의 '슬픔 겨루기'에 끼고 싶지 않아서였다. 거봐, 너보다 내가 더 심하지? 그런 반응이 올 때마다 몰래 입술을 깨물고 슬픔을 잠재워야 했다. 어느 수준으로 힘들어야 나에게도 '슬플 자격'이 주어지는지, 그런 생각이 들 때마다 더 서글퍼졌다.

물론, 아끼던 인형을 잃어버린 아이의 슬픔과 나라를 잃은 성인의 아픔의 크기는 다를 수 있다. 그렇다면 이 지구상에서 성인만이 슬퍼할 수 있는 유일한 존재일까? 자식을 잃은 어머니의 슬픔은 나라를 잃은 성인보다 더 작고 가볍다고 말할 수 있을까?

그런 식으로 슬픔을 크기로 비교하면 이 세상에서 슬퍼할 수 있는 사람은 아무도 없을지도 모른다.

그렇기에, 엄밀히 말하면 슬픔의 크기는 누구도 측정할 수 없다. 슬픔은 그 이유가 무엇이든지 간에 당장 그 감정이 얼굴 위로 드러났다는 것만으로도 충분히 위로받아 마땅한 감정이다.

오늘따라 유독 힘이 든다면, 주변의 소중한 사람들에게 슬픔을 털어놓아 보자. 슬픔의 크기를 비교하며 꺼내놓기를 주저하기보다는 말없이 안아달라고 말하며 슬픔을 덜어내 보자.

이 거친 풍파를
내가 다 막아 줄께!
걱정마!!
쏴아아아아
다 막아 주는건
고마운데..
멋진풍경이
하나도 안보여~

해보지 않고는 알지 못하는 것들

지나친 보호는 좋지 않다. 힘든 일도 직접 헤쳐 나가 보아야 새로운 것에 도전할 용기가 생기고, 막다른 길에 다다를지라도 걸어가 보아야 지금 당장 발밑에 핀 꽃들에 감탄할 수 있다.

이불 밖은
위험해
네
여기는 안전하게
살 수 있어
이런 왜
말을 안
들어
형이 없어져
버렸어! 엄마
무서운
세상이야

이불 밖 세상

내가 아는 세상에만 머물러 있으면 당장은 안전하고 행복할지 모르겠지만, 밖으로 나가지 않으면 영원히 좁은 세상 속에서 주어진 것들만 보고 살 수밖에 없다. 가끔은 용기를 내어 이불 밖으로 벗어나 내가 가진 세상을 넓혀야 한다.

거기있어?
거기있지?
문열어 보면
알잖아
실망하게 될까봐
못열겠어

문을 연 그곳에는

원하는 결과가 나오지 않을 것 같아서 아무런 시도도 하지 못할 때가 있다. 그러나 아무것도 하지 않으면 아무 일도 일어나지 않는다. 문을 연 그곳에 내가 원하는 결과가 없다면 뒤돌아서 다른 문을 열면 된다. 마냥 기다리고 있다가는 어떤 문도 열 수 없다.

빨리 헤어져! 어차피 이별할거
그래
또 상처 받을 거야
그래도
나중에 일어날일 때문에 지금 행복을 포기 못해
남은 시간 행복하게 보내자
조아

정해진 엔딩일지라도

뻔히 보이는 결말, 끝이 보이는 마지막을 잘 알면서도 시작하는 이유는 그 과정이 즐겁고 행복하기 때문이다. 뻔한 결말이 두려워서 시작부터 포기하지 말자. 했을 때의 후회와 하지 않았을 때의 후회는 다르다.

노력해도 정상은 무리였어
여보 근데
배타고 여기까지 온 것도 엄청 대단한거 같은데?

당신의 노력

우리는 평생을 수많은 산을 오르고 또 내려온다. 그러니 어느 하나의 산 정상에 오르지 못했다고 실망할 필요는 없다. 스스로 오르고 싶은 산이 있었고, 그것을 위해 노력했다는 것만으로도 충분히 행복한 일이다.

모두 내춤을
끝까지 지켜봐줘!
위험해
내려와
전부 불태울거야!
마지막이라고 해도
짝 짝
후회는
없어

모든 게 멈추고 사라지더라도

최선을 다해 오늘을 사는 사람들이 있다. 삶을 아름답게 태우는 사람들. 언젠가는 꺼져버릴 환상일지라도 망설이지 않고 기꺼이 자신을 환하게 밝히는 사람들을 존경한다.

끝을 보고 사는 인생

"누구도 끝을 정해놓고 사랑을 시작하지 않아."

오래전 정말 좋아했던 드라마의 대사였다. 이별이 두려워 마음을 열지 못하는 상대에게 건넨 말이었던 걸로 기억한다.

살면서 숱한 시작을 겪어왔지만 단 한 순간도 그 끝을 생각하지 않았던 적이 없었다. 늘 찾아오지 않은 결말을 걱정하고, 아직 일어나지도 않은 일에 몸을 웅크리고, 울며 겨자 먹는 식으로 끌려가듯 출발선 앞에 섰다.

하지만 막상 눈을 딱 감고 도전해보면 내가 우려했던 일은 거의 일어나지 않거나 아예 그 조짐조차 보이지 않은 경우가 대부분이었다. 걱정과 불안감에 벌벌 떨었던 내가 민망해질 정도로, 앞으로 걸어가는 내 길에는 활짝 핀 꽃들과 선선하게 부는 기분 좋은 바람이 가득했다.

걱정과 불안이라는 짙은 어둠과 음습한 안개가 잔뜩 낀 문 뒤로는 우리가 상상하지 못한 수많은 것들이 우리를 기다리고 있다. 때로는 그들이, 우리를 아프거나 슬프게 할 수 있다.

하지만 아프다는 감정조차 배우지 못하고 무채색의 존재로 영원히 살아가는 것보다, 슬픔을 배우고, 거기서 또 다른 감사와 기쁨을 깨달을 수 있다면 아무것도 느끼지 않는 지금보다 훨씬 가치 있는 경험 아니겠는가.

끝이 없는 인생은 없다. 항상 행복한 일로 가득 찬 인생도 없다. 하지만 우리는 수많은 것들이 펼쳐질 인생이란 길을, 어떤 마음으로 걸어갈지 선택할 힘을 가지고 있다.

2장

존재만으로 빛나고 있어

쭈인님 돈으로
목줄 사야지
목줄 주세요
제일 큰거로
10000
반려
• • •

나에게 맞는 옷

아무리 비싸고 좋은 것이라도 나에게 맞지 않으면 소용없다. 멋져 보일 것 같아서, 남들에게 자랑하고 싶어서 샀지만 어울리지 않거나 필요 없을 때가 많았다. 삶의 기준이 남이 아니라 자신에게 있어야 정말 나에게 맞는 것을 선택할 수 있다.

자 한명당 한개씩
하늘에 붙이고와
이걸 한개씩 붙여서
언제 다해?
마자
그래
하나 하나 정성껏
붙여야 안떨어져
하늘봐
우리모두가 하나씩
붙여서 만든 하늘이야

별 하나가 모여 은하수가 흐른다

우리는 제자리에서 맡은 일을 하면서 세상의 변화를 기다린다. 조금씩 나아가는 세상을 보면서 내 노력도 세상을 아름답게 만들기 위한 수억 개의 별 중 하나이기를 바라본다.

거의 다왔어
힘내!
끙차
위에 도대체
머가 있어요?
아무것도
없는데?
3년동안 올라왔는데
진작말해주지..

빌려 쓰지 않는 꿈

꿈과 목표도 없이 그 사람의 뒷모습만 보고 쫓아갔지만 정작 그 앞에는 아무것도 없었다. 그것은 내가 원하지 않는 인생의 모습이었다. 내 삶은 다른 이의 복사본이 될 수 없으며, 나만의 꿈과 목표는 특정한 명사가 아닌 살아가는 동사의 형태여야 한다.

어디가니?
심부름 가요
같이가 줄까?
아니요
처음 가는길은 혼자가고 싶어요

처음 걷는 길

처음 가는 길은 언제나 낯설고 두렵다. 하지만 떨리는 마음 안에는 새로운 것에 대한 설렘이 공존한다. 아무리 낯설고 아무것도 알지 못해 두려울지라도, 그 두근거림을 온전히 느끼고 싶다.

집값도 개오르고
취업시장도 최악이야
망!
젊은날을 부모님 빚 갚느라
다 보내버렸어
이번생은 망했어
다 포기한다! 안해
인제 나를 위한
인생을 살아볼거야

언제든 시작할 수 있는 사람

나이와 상관없이 무언가를 시작하는 사람은 언제나 청춘이다. 상황이 힘들다고 포기하는 순간, 영원한 젊음은 사라진다. 어떤 힘든 상황에서도 무엇이든 시작할 수 있는 사람이 되고 싶다.

나에게 맞는 자리

아무리 보기 좋고 모두가 선망하는 곳이어도 정작 나와 맞지 않으면 무용지물이다. 모두가 원하는 것을 얻었는데, 모두가 바라는 자리에 올랐는데, 정작 나는 왜 행복하지 않은 거지? 나는 어느 곳을 가더라도 적응하지 못하는 사람이면 어쩌지? 하며 매번 좌절하고 만다.

아무리 값비싼 명품이더라도 나와 맞지 않으면 오히려 나의 장점을 죽이는 걸림돌이 되고 만다. 좋은 차도, 좋은 음식도, 전부 나와 어울리지 않으면 나를 해치는 독이 될 뿐이다.

자신이 잘하는 게 아무것도 없는 사람이라 생각될 때마다, 한 번쯤은 그 책망의 화살을 나 자신이 아닌 외부로 돌려보자. 아무리 근사한 환경이라 해도 나와 맞지 않으면, 정말 내가 원하는 일이 아니면 문제는 내가 아닌 내가 속한 환경이다.

저마다 어울리는 자리가 존재하고, 맞는 물건이 존재하고, 잘할 수 있는 일이 존재한다. 자책하지 말고 자신에게 어울리는 것을 찾아보도록 하자.

난 아직 어린데도
늙어버린 기분이야
괜찮냐?
불합격
슬퍼서 운적은 없지만
진심으로 웃은적도 없어
기대의 숫자만큼
실망을 했어
불합격
불합격
불합격
불합격
불합격
그래도 내일이라는
시간에 두근거릴거야
합격

오늘만 보고 살지 않기로 해

취준생 시절, 수십 번의 불합격으로 하루하루 늙어가는 기분이었다. 취업하고 나서는 실패에서 자유로워질 줄 알았지만, 직장인이 된 지금도 여전히 수 없는 도전으로부터 불합격을 받고 있다. 기대한 만큼 실망도 많지만, 그래도 여전히 앞으로 한발씩 나아가고 있다.

졸업만 하면 모든것이 알아서 되는줄 알았는데
졸업장
사막 한가운데 버려진 기분이었다
이제 뭘 해야해?
학교에서는 사회에서 살아가는 방법을 알려주지 않았다
그림 그리는 걸로 먹고살수있을까
졸업장

지도가 없는 길

사회라는 사막 한가운데 놓였다. 졸업장만 받으면 모든 쉽게 이뤄질 거 착각했지만, 학교에서는 그 어떤 지도도 내게 주지 않았다. 모든 선택은 스스로 해야 했고, 많은 시행착오를 겪어야 했다. 하지만, 그 덕에 내가 직접 그린 나만의 지도를 가지게 되었다.

타닥
집에 가고시퍼
타닥
PM 21:00
여자친구 보고시퍼
타 닥
타 닥
놀고시퍼..
나를 위해
살고파
타닥
경제는 누가
살리냐
배가 불렀
구나

인생의 우선순위

아이에게는 부모가, 남편과 아내에게는 배우자가, 늙은 부모님에게는 자식이 필요하다. 나와 나의 가족의 행복을 위해 하는 일이 결국 가족을 포기하고 살게 만든다면 너무 모순적인 삶이지 않을까.

현재를 살아가는 우리들은 미래를 향하여
가자
뒤처지면 안돼
앞으로 나아간다고 말을 한다
미래
저기다
바쁘다
바빠
인디언들은 미래가 자신을 향해 온다고 믿었다
다 와라
우리가 간다!
제자리에서 다가오는 미래를 준비하는 지혜
모든걸 다 받아내주마

하루는 성실하게 인생은 되는 대로

미래를 향해 달린다고 생각하기보다, 미래가 나에게 달려온다고 믿으면 '지금의 자리'에서 나에게 오는 미래를 맞이할 준비를 할 수 있다. 지금 내 자리에서 내가 할 수 있는 걸 하나씩 해나가다 보면 맞이하게 될 미래가 그리 두렵지 않게 될 것이다.

젊을 때 안해본 일 없이 열심히 살았죠
덕분에 큰 부를 이룰 수 있었어요
이제는 이 재산을 지키기 위해 담을 쌓았죠
내가 행복한게 맞는건지 모르겠어

행복을 위해 필요한 것

젊은 날을 전부 바쳐 돈을 모은 거북이는, 재산을 잃을지도 모른다는 두려움에 높은 철장 안에 재산과 자신을 가두었다. 하지만 거북이에게 정말 필요한 것은, 많은 재산이 아니라 넓은 바다를 자유롭게 헤엄치는 여유였다.

모두가 기뻐할 때도
대한민국 4강 진출
와 와 와
모두가 눈물 흘릴 때도
속보 사망자 502명
흑 흑 엉 엉
세상의 감정과 전혀 소통하지 못했던 나는 왜
아저씨 힘내세요
힘들어 보여
그 한마디에 굳은 마음이 무너져 내렸을까
으헉
으으어 어 어...
?

잠시 쉬어야 할 시기

세상의 소리에 공감할 작은 여유조차 없을 정도로 마음에 여유가 전혀 없을 때가 있다. 만약 이때 어디선가 들리는 소리나 누군가 건네는 한 마디에 마음이 무너졌다면, 잠시 쉬었다 가자. 힘든지조차 모르고 너무 바쁘게 산 당신에게 건네는 마음의 간절한 그 말을 놓치지 말자.

정답을 찾아서

가끔은 해내고자 하는 목표와 가고자 하는 목적지가 누구를 위한 것인지 헷갈릴 때가 있다. 이런 목표를 내가 이루고 싶어 했던가? 내가 이 길을 정말 가고 싶어 했던가? 한참 숨차게 달리다 문득 멈춰 섰을 때 느끼게 되는 맥락 없는 의문들이다. 나는 과연 무엇을 위해 달리고 있는가?

학생 때는 성적이 내 모든 가치를 정의해주는 것만 같았다. 공부하지 않으면 남들과의 경주에서 크게 뒤처질 것만 같았고, 성적표의 숫자가 앞으로의 내 미래 전부를 뒤흔들 거라는 생각에 조금만 성적이 떨어져도 두려웠다.

성인이 되고 처음 내 힘으로 돈을 벌었을 때, 내 통장에 적힌 숫자의 크기가 내 행복의 크기와 비례할 거라 생각해 악착같이 돈을 모았다. 남들이 여행을 가고 새로운 것들을 배울 동안, 통장에서 빠져나가는 돈이 아까워 무수한 삶의 경험과 배움을 포기하고 통장이라는 철장에 철저히 나를 가두었다.

전부 행복을 위해서, 어떤 목표에 도달하기 위해서 악착같이 달려온 그 길은 정말 내가 원해서 선택했던 길일까? 정답이라고 생각해왔던 내 정의가 과연 내 마음에서 우러나온 생각인지 헷갈리는 밤. 내가 진정 원하는 것은 무엇이고, 나는 어디로 가고 싶은 걸까.

잘자라라
꽃들아
일을 해야지
한심한녀석!
쯧쯧
멋지다! 꽃을
사랑하나봐
와
나는 이런사람

나라는 텃밭에는 내가 자란다

언제나 같은 시간 같은 곳에서
꽃을 키우고 있을 뿐인데

어떤 사람들은
나를 형편없이 게으르고
꿈이 없는 사람이라 하고
어떤 사람들은
나를 낭만적이고
꽃을 사랑하는 사람이라 했다.

나는 변함없이 늘
하던 행동을 했을 뿐인데
사람들이 내게 내리는 평가는
언제나 바뀌었다.

게임만 잘하면 머해
공부를 잘해야지
노래만 잘하면 머해
공부를 잘해야지
이상한 책만 읽지말고
공부를 잘해야지
시키는 것만 잘하면
되는 아이들

성공이 아닌 행복을 위한 배움

무조건 외우는 암기과목만이 배움을 위한 전부는 아니다. 행복을 위해서는 단순히 줄 세우기 위한 공부가 아니라, 자신이 좋아하는 것들을 배우고 경험하는 일이 필요하다. 성공을 위한 공부가 반드시 행복을 가져다주는 것은 아니다.

급여들어 왔다
띠링
세금떼고
200도 안되네
내 노동의 가치는
이정도인가
한턱쏴!
진짜 내 가치는
어느정도일까?
씹냐

가치 평가

자본주의 세상에서 나의 가치는 종종 월급으로 평가되는 것 같다. 마치 회사가 나의 가치를 정해주는 것만 같다. 그러나, 나의 가치는 나 스스로 평가하고 싶다.

뭘 그런걸로 상처받냐
넌 너무 예민해
그냥 잊어~아무것도 아냐
다 널위해서 하는 말이야

나를 위한 말들

언제나 나를 더 아프게 한 건, 나의 상처를 가볍게 보고 상처의 크기를 비교하는 말이 아니라 나를 위해서 하는 말이라며 나를 예민하고 나약한 사람으로 치부하는 말들이었다.

바보네
그거 하나 못해?
에휴~
한심한 녀석
야
난 한심한 놈이야
남들이 널 흉보는 것보다 네가 널 흉보는게 더 나빠
응!

무엇보다도 중요한 것

다른 사람들이 나를 어떻게 평가하고 어떻게 생각하는 것보다 내가 나를 어떻게 여기는지가 더 중요하다. 이 세상 모두가 나를 믿지 않는 것보다, 내가 나를 믿지 못하는 것이 제일 나쁘다.

내 꼬리는
너무 못생겼어
아무데도
쓸모없는
내 꼬리
응?
저꼬리너모예뻐
너무 부럽다
사랑스러운
내꼬리

타인의 언어

나라는 사람은
주변의 언어를 통해 만들어졌다.

확고한 인생관이 생기기까지
수많은 사람의 언어들이
내 안에 쌓이고 쌓여서
지금의 나를 만들었다.

듣다 보면 정말 그렇게 되고
그렇게 행동하며 살게 된다.
타인의 언어는 그만큼
큰 무게를 가지고 있다.

말은 함부로 하면 안 된다.
한 사람의 인생을
바꿔 놓을 수 있기 때문이다.

세상에서 가장 다정한 무기

나를 위해서 한다는 말. 나를 아끼니까 해준다는 말. 그 말들이 모이고 모여 내 숨을 조였다. 가장 다정하고 따듯한 말이, 무기가 되어 나라는 유일한 존재의 가치를 죽이고 말았다.

'너는 정말 그걸로 만족해?' '네 또래의 다른 사람들을 봐.' 나를 함부로 평가하고 멋대로 무대에 타인과 나를 올려놓고 비교하는 세상에서 어떻게 온전한 나를 지킬 수 있을까.

이쯤이면 만족해도 되겠지, 싶을 때쯤 다가오는 어둠의 목소리. 그래도 나 정도면 괜찮지 않나, 나의 가치를 받아들이려 할 때마다 고개를 저으며 한참 부족하다고 손가락질하는 사람들. 나는 그럴 때마다 정말 이 세상에 비교하지 않고 살아가는 사람이 존재하기는 할까 의심하곤 한다.

내가 제일 닮고 싶은 우상도 실은 지금 어딘가에서 다른 누군가의 삶을 조금이라도 닮기 위해 애면 글면하는 건 아닐까?

우리가 하는 비교의 끝은 과연 어디일까. 저 높은 산 상류에서 시작한 물은 흐르고 흘러 바다라는 종착지를 만나는데, 타인의 말에 휘둘려서 끊임없이 남과 비교하는 우리는, 스스로를 고치고 고쳐 과연 어떤 모습이 되어가는 걸까.

세상에서 가장 다정한 말. 그래서 세상에서 가장 위험한 무기.

나도알아
내가 한심한거
그때 그걸
했어야 했어
아무도 날
도와주지 않았어
난 생각하는 것도
한심해!

탓 해봤자

내 탓, 남 탓은 해도 아무런 진전이 없고 본질적인 문제를 잊게 만든다. 나 자신이나 누군가를 원망하는 것보다는 되풀이하지 않겠다고 다짐하고 해결 방법을 찾는 것이 낫다.

캥거루가 농장에서 계속
도망가는 사건이 생겼다
주인은 울타리를 두배로
높혔지만 소용없었다
젠장
주인은 울타리를 두배
더 높혔지만 효과가없었다
또 도망
갔어 !
울타리를 높히면 머해
문을 안닫고 다니는데

해결책은 가까이에 있다

문제가 복잡해 보일수록 해결 방법은 의외로 간단한 데에 있다. 외부에서 원인을 찾을 수 없을 때는 자신의 습관을 한번 점검해 보자. 작은 습관만 바꿔도 큰 문제가 쉽게 해결되는 경우가 있다.

하암
굿모닝~
삐삐삐
피곤해
난산신령이다! 세가지 소원을 들어주마
깜짝
깜짝 이야!
화아아

기회는 모두의 문을 두드린다

두 부류의 사람이 있다. 자신에겐 어떤 기회도 찾아오지 않을 것이라고 생각하며 마냥 노는 사람, 언제 기회가 찾아올지 모르니 꾸준히 준비하며 기다리는 사람. 사실, 살다 보면 누구에게나 큰 기회가 온다. 이때 기회를 잡는 건 두 번째 부류의 사람뿐이다.

아무도 내아픔을
이해하지 못해
...
그럴수 밖에
혼자 숨어서 말하지 않으면
아무도 모르지

마음을 숨기면

표현하지 않으면 모른다. 사랑도, 미움도, 말과 몸짓을 통해 전달될 수 있다. 갈등도 생기겠지만 표현을 통해 타인과 마음을 나누어야만, 우리는 한층 더 깊은 관계로 나아갈 수 있다.

노트에 적어도
잊어버리고
핸폰에 저장해도
까먹는데
MEMO
왜 이렇게 하지 않아도
널 잊지못하는걸까

아픈 기억을 지우는 법

아픈 기억은 잘 지워지지 않는다. 이때 이를 없애려고 애쓰지 말고 그로 인해 좋았던 기억을 함께 떠올려보자. 많은 순간이 좋았고 일부 순간들이 아팠다고 기억을 바꿔보는 것이다. 그러면 그 추억들이 억지로 지워야 할 순간들이 아닌, 의미가 있는 시간으로 남게 될 것이다.

헤어지자니!
기회도 안주고
난수도 없이
기회를 줬어
언제
네가 안듣고 있었지
나랑
놀아줘
나중에
나는
여행다녀올게
바빠?
일하는 중

기회를 놓치지 않을 기회

인생의 기회는 수도 없이 내 주변을 기웃거리고 지나친다. 기회를 듣는 귀와 보는 눈이 없다면 수많은 기회를 놓쳐버린다. 소중한 것들과 미래를 놓치지 않기 위해서 항상 주변의 소리에 귀를 기울이자.

넌우리와 달라 함께 살수없어! 꺼져!
꺼져!
엉 엉
바보!
뭐야!
엉엉
쓱
뭐야!
일어나 너는 잘못한거 없어
뭐냐!
뭐야!
난얘랑간다! 끼리 끼리 잘살아라~
배신자
꺼져!

그때 내가

그날 다른 사람 눈치 보지 않고
네 편을 들어줬더라면.
사람들과 어울리지 못하는 너를
항상 안타까워하던 나였는데.

정작 용기를 내야 할 사람은
네가 아니라 나였어.

다른 사람 눈치만 보느라
내가 누굴 더 좋아하는지
모르고 있었어.

그때 내가
네 편을 들어줬다면
내 삶은 바뀌어 있었겠지.

후회를 반복하는 삶

태어나서 '후회한다'는 표현을 가장 많이 한 것 같다. 다음에는 후회할 일을 만들지 말아야지, 다짐하면서도 정작 그 순간이 찾아오면 또다시 후회를 반복한다.

미루기 전에 한 번이라도 더 말할걸. 내뱉기 전에 한 번 더 생각하고 얘기할걸. 후회를 후회하는 나 자신이 못나고 밉기만 하다. 언제쯤이면 내 마음을 늦지 않게 전하면서 동시에 상처를 주지 않을 수 있을까. 욕심이지만 그런 현명함이 있었으면 좋겠다.

제대로 진심을 전하지 못해서, 혹은 잘못된 방식으로 진심을 전해서, 내 곁을 떠나고 상처 입은 사람들을 생각할 때마다 잠을 이루지 못한다.

욕심이라는 것을 알지만, 내가 이렇게 마음속에 오래 두고 아파하는 만큼 그 사람들은 나로 인해 마음 쓰지 않았으면 좋겠다.

그리고 비록 더디고 실수를 반복하는 나이지만, 그런 나를 조금만 더 기다려달라고 말하고 싶다. 표현은 서툴지라도 당신들을 향한 내 마음은 단 한 번도 진심이 아니었던 적이 없었으니까.

할아버지! 저희 좀
숨겨주세요
늑대가
쫓아와요
아까 늑대도
같은말을 하던데
우리말이 진짜
라구요!

믿는 것이 진실이 되는 세상

진짜는 가짜가 되고 가짜는 진실보다 더 진실이 된다. 편향된 정보에 비슷한 이념과 사상을 가진 자들끼리 진실을 만들어낸다. 자신이 내린 선택 따라 세상은 거짓이 되기도, 진실이 되기도 한다.

대중은 나를 무대에
올려 춤추게 했다
와
와
내 춤에 모두 열광했고
나는 끝없이 춤을 추었다
와
와
지쳐서 춤을 더 이상
출 수 없게 되자
에이
춤춰
그들은 악플로 나를
목메달게 했다
끝났네
춤존나못춤
개져
퇴물

가볍게 던진 돌

하루아침에 누군가를 우상으로 만들었다가, 자신의 마음에 들지 않는 행동을 하면 돌을 던지는 사람들이 있다. 그러나, 아무리 가볍게 던진 돌이라도 맞은 사람에게는 결코 가볍지 않을 수 있다. 무심코 던진 한마디가 누군가에겐 큰 상처가 될 수 있다.

재테크로 단기간에
백억을 모았어요
와
와
사업도 망하고 투자
실패로 빚더미에요
쯧쯧
저런

보이지 않는 감옥

성공도 콘텐츠가 되지만 실패도 모두 콘텐츠가 되는 세상. 실패가 자극적일수록 그 인생은 성공한 콘텐츠가 된다. 콘텐츠를 위해 자신의 삶을 망치고 있지는 않은지 돌아볼 일이다.

엄마! 나왔어
사업 성공한 우리
첫째가 왔구나
형아!
치킨집
근데 무슨
사업하니?
당
당
호적에서
파버릴까
그게 머야?
주륵..

누구를 위한 삶

캐릭터를 만드는 직업이라 그런지 닭 캐릭터를 내세운 치킨집을 보면 기분이 묘하다. 자본주의 시대에 어쩔 수 없는 선택이겠지만, 닭들은 실제로 자신이 원치 않는 곳에서 소비되고 있겠다는 생각이 들었다.

아무도 다치지 않은 밤

요즘 커뮤니티 사이에서 각자의 성격 유형을 파악하고 이를 토대로 상황에 따른 사람들의 행동을 해석하는 게 유행이다. 물론 신뢰할 만한 검사가 아니라는 걸 모두 알고 있지만, 오래전 한창 혈액형으로 사람의 성격을 구분했던 것처럼 미디어나 각종 마케팅에서는 이를 토대로 한 콘텐츠들이 많이 등장하고 있다.

문제는, 이런 유사 과학을 단순히 재미를 넘어 진지하게 받아들이는 몇몇 사람들의 태도에서 발생한다. '나는 이성적인 타입이니까 내 말에 상처받지 마', '나는 공감력이 없는 유형이니까 네가 이해해'.

검증되지도 않은 유사 과학의 결과를 들이밀면서 상대방에게 자신의 이기적이고 무례한 태도를 정당화하는 사람들이 늘어나고 있다. 사실 마음은 그렇지 않다며 표현이 서툴 뿐이라며 포장하지만, 이미 상처받은 사람의 마음은 쉽사리 낫지 않는다.

상대방의 기분을 헤아리고 말을 건네기 전에 다시 한번 생각하고 고려하는 일련의 과정은, 사람을 사귀고 관계를 맺어가면서 거쳐야 할 당연한 행동이자 배려다. 나는 원래 이런 사람이니까, 라는 말로 남에게 쉽게 상처를 주는 사람은 관계를 대하는 것에 있어 게으른 사람이다.

툭툭 내뱉은 말 한마디에 오늘 밤에는 아무도 다치지 않았으면 좋겠다. 아무도 쉽게 던진 그 말에 빛나는 자신을 의심하지 않았으면 좋겠다.

3장

있는 그대로 사랑하고 있어

안뇽~
반가워! 행코
널 만나면 행복이 찾아온대~ 정말이야?
나도 줘
방금 줬어 행복!
고마워!
내 행복은 모두에게 나눠줘도 넘치거든

행복을 나누는 이유

막대한 돈이 생기면 무엇을 할 것인가? 그토록 바라던 것이 이루어졌다면 무엇을 할 텐가? 삶에서 가장 중요한 건, 행복이 왔을 때 이를 나눌 수 있는 상대가 있다는 것이다. 어떤 기쁨이 오더라도 함께 나누고 축하할 상대가 없으면 그 행복은 금세 빛이 바랠 것이다.

망망대해에 홀로
외로워
떠있는 삶일지라도
눈에 닿지 않는 곳에서
나와 함께 살아간다

혼자인 적은 없었다

세상에 홀로 남겨진 채 쓸쓸하게 살아가고 있다는 생각이 들 때가 있다. 그럴 때마다 나의 눈과 귀가 닿지 않는 곳곳에서 나를 응원하며 묵묵히 자리를 지켜주는 존재들이 있다는 것을 떠올리기로 했다.

쟤가 내는걸
보고 내야지
내가 먼저
내길기다려?
응 난 상처
받기 싫거든
이게 내가
가진 전부야
착
어..어..

언젠가 울게 될지라도

상처받는 게 두려워지면 많은 생각이 따라붙어 점점 더 마음을 숨기게 된다. 진실한 마음을 전달하고 행동으로 보여주는 게 어려운 내게, 먼저 다가와 모든 걸 보여주는 사람. 그런 사람이 있어 내 마음은 오늘도 사라지지 않고 존재할 수 있다.

30세에 부자가 되었어요
와
와
조케따
-10년후-
사기 당해서 거지되었어요
텅
텅
ㅋㅋㅋ
너는 나를 안떠나냐?
니돈 관심없는데
내가 밥사줄께 나중에 갚아라
ㅋㅋ
X놈!

옆을 걸어주는 존재

내가 힘들고 괴로울 때 내 뒤에서 걷거나 혹은 내 앞에서 걷는 사람은 친구가 아니다. 진정한 친구는 내가 어려울 때 옆에서 함께 걸어주는 사람이다.

이 길이다!
가자 친구야!
OK
OK
인생
쫌만 더 힘내서
가보자!
2년후
이 길이 아니였나봐
다시 돌아가야해
미안
헉헉
3년후
너랑 3년을 또 함께
해서 더 좋아!
3년더

오히려 좋아

소중한 사람과 함께 걸어가는 인생은 언제나 소중하다. 비록 막다른 길에 도달할지라도, 함께 마음을 나누고 추억을 쌓아온 시간이 있다면 그 자체로 충분하다. 오늘도 내일도 함께 걷자.

정신없이 앞만보며
달려 왔어
헉
헉
많은 목적들을
이뤄 냈지만
헉
헉
얼마나 많은 인연들을
그냥 지나쳐온걸까
오늘도
바빠?
천천히
해
우리
언제 봐?
건강
잘챙겨

정말로 중요한 것

많은 것들을 이뤄내어 더 나은 사람이 되겠다는 일념 하나로 바쁘게 살아왔다. 그러면서 주변의 소중한 사람들을 많이 놓치고 말았다. 그들에게 인정받고 사랑받고 싶어서 한 행동들이, 도리어 그들과 멀어지게 했다.

우린 항상 같은 방향을
보며 뛰었다
가자!
커가면서 점점 다른
미래를 선택하고
난 이쪽
서로를 응원하며 각자의 길을 간다
또
보자

멀리 있어도 서로를 느낄 수 있어

매일 얼굴을 맞대던 친구들이었는데 이제는 간단한 안부조차 묻기 어려워졌다. 그렇게, 같은 공간에서 같은 시간을 보내며 늘 함께하던 이들과 시간이 흘러 각자의 길을 걷고 있다. 비록 멀리 떨어져 있더라도 각자의 자리에서 서로의 인생길을 응원한다.

함께이기에 완벽한 너와 나

혼자서도 잘 살아내는 강인한 사람이 되고 싶었다. 누구의 도움 없이도 당당하게 버텨서 성공하고 싶었다. 그래서 나를 응원하고 내 안부를 물어봐 주는 사람들을 외면했다.

'이 길만 마저 가고', '이것만 마저 끝내고', 나 자신을 채찍질하느라 내 뒤로 나를 기다리는 사람들을 미처 돌볼 수 없었다. 무너지고 나약해질 나를 들키는 게 무서웠다.

뒤늦게 알게 됐다. 사람은 혼자서 살아갈 수는 있지만, 혼자서 행복을 키워갈 수는 없다는 것을. 혼자 만들어내는 행복보다 함께 이뤄가는 행복이 더 크다는 것을. 혼자 저만치 멀어진 나를 기다려주고 겁쟁이인 나를 위해 먼저 손을 내밀어 주는 사람들을 통해 이 사실들을 알게 되었다.

'늘 네 곁에서 응원하고 있을게.'

'힘들면 언제라도 다시 우리 곁으로 돌아와.'

잔뜩 경계하는 나에게 먼저 자신을 드러내 보이는 사람. 언제 어디서든 나를 응원해주는 사람. 그들의 존재를 알고 난 이후로, 더는 혼자서 살아가려고 애쓰지 않게 되었다.

홀로 있어 보니 외로움을 알고, 외로움을 알게 되니 함께하는 이 순간을 더더욱 소중히 여기게 된다. 오늘 하루도 나를 둘러싼 모든 사람에게 무한한 감사를 느낀다.

자기한테 난 늘 짐만되네
아니
혼자가면 훨씬 더 멀리 갔을텐데
아냐
멀리가면 뭐해
혼자 가면 그곳엔 네가 없자나

느려도 함께 가는 길

혼자서 아무리 멀리 가도, 아무리 높이 올라가도 그곳에 함께하고 싶은 사람이 없다면 아무런 소용이 없다. 느리고 천천히 가더라도 함께하는 시간만큼 더 행복한 순간들이 기다리고 있다. 우리가 함께 가는 길만큼은.

너무 다른 우리가 만나
서로의 대화가 오랜시간
겹겹이 쌓여서
단단한 형태로
만들어져가고 있다

각자의 우주가 만나

서로 다른 우리가 만나 오랜 시간 서로의 이야기를 쌓아가며 우리만의 모양을 가진 삶을 만들어 가고 있다. 그렇게 각자의 우주가 만나, 우리만의 우주를 아름답게 만들어 가고 있다.

할머니에게
보여줘야지
바사삭
바사삭
엄청 큰 꿈이
였구나
우엥

밑어주는 사람

내 꿈을, 내 삶을 무조건 믿어주고 지지해 주는 사람들. 새로운 길을 걷는 내 인생에 빛이 되어주는 사람들. 그 사람들 덕분에 오늘의 나를 만들어 간다.

안녕하세요! 고마워요
세상은 지치고 힘든
일상의 반복이지만
세상을 아름답게 만드는 말
사랑해요! 우리 또
만나요!

마법 같은 말

언제 들어도 힘이 나는 마법 같은 말들이 있다. '수고했어', '고마워', '사랑해' 같이 편안한 휴식처럼 내게 큰 힘이 되어주는 따뜻한 말들. 작고 소소하지만, 오늘을 다시금 힘차게 살게 해주는 위대하고 커다란 마법 같은 말들.

머하냐?
헛둘!
착
착
물구나무로 전국
일주 해보려구
바보!
ㅋㅋㅋ
먼데?
잡아줄 테니까
해보자!
!고고!

물구나무 걷기

아무리 바보 같거나
터무니없이 느껴지는 나의 말이라도
진심으로 귀 기울여 들어주는 사람들.

몇 걸음 가지 못하고
포기하려는 나를 잡아주는 사람들.
어리석은 나를 믿고 함께해 주는 사람들.

그 사람들이 있으면
어떤 엉뚱한 상상도
반짝이는 생각이 될 수 있다는
자신감이 생긴다.

함께한다는 이유 하나만으로

불가능투성이였던 삶에 당신이라는 존재 하나가 더해졌다는 이유로 세상이 조금은 덜 무서워졌다. 함께한다는 이유로 불가능했던 일들이 하루아침에 해결되는 드라마 같은 일은 일어나지 않겠지만, 그런 불가능이라도 당신과 함께한다면 괜찮지 않을까 하는 여유가 생겼다.

함께한다는 건 그런 의미인 것 같다. 둘이라서 더 강해지고 해낼 수 있는 게 아니라, 무너지고 좌절해도 웃을 수 있는 여유가 주어지는 것.

쓸데없는 욕심이 줄어들고, 삶에 겸손해지면서 작은 것에도 만족할 줄 아는 힘을 얻게 된다. 그런 힘이, 어떤 일이든 성공해내는 힘보다 더 강력하고 위대하다고 생각한다.

당신과 나는 어떤 미래를 향해 동행 중인 걸까? 그 끝에는 무엇이 우리를 기다리고 있을까? 그게 무엇이 되었든 나는 이제 무섭지 않다. 그 어떤 순간에도 당신과 함께할 테니.

저랑 배드민턴
칠래요?
아니
호수공원에 같이
산책하러 갈래요?
내가 왜
저 오늘 유학가요
인사하러 왔어요
응 그래
역시! 저렇게 이쁜애가
나랑 잘될일이 없지

마음의 벽

거절당할까 봐 두려워 상대방의 마음을 부정적인 방향으로 예측하며 미리 밀어내거나, 상처받을까 두려워 남들이 건네는 작은 호의들을 무시할 때가 있다. 그러나 직접 대화하고 부딪혀보지 않으면 어떤 관계도 생기지 않는다.

오늘은 꼭 고백할거야
두근
두근
하지마! 늦었어
머!
왜 안 되는데! 내가 돈 없고 못생기고 직업도 없어서 그래? 난 고백도 못해?
니가 망설이는 동안에 쟤는 애 다섯 낳은 유부녀가 됐거든
엄마
엄마
아

인생은 타이밍

인생은 선택의 연속이다. 이 말은, 살면서 어떤 기회를 만났을 때 그것을 놓치면 두 번 다시는 이를 잡지 못할 수 있다는 말과도 같다. 그러니, 후회하고 싶지 않다면 정말 중요한 기회가 찾아왔을 때 절대 그것을 놓치지 않아야 한다. 다시는 잡지 못할 수도 있으니.

주고 또 주어도
하나도 아깝지 않은
세상 모든 것을
다 주고 싶은 너

별에 담은 세상의 모든 행복

이 세상 모든 별을 당신에게 주고 당신의 모든 이야기와 함께하고 싶다. 아침에 뜨는 별들과 밤에 뜨는 별들의 이야기까지, 전부 함께하고 싶어졌다. 내게 행복을 알려준 당신에게 내가 가진 전부를 주고 싶다.

혁이 오빠!
오늘도 힘내!
누굿
응! 고마워

나를 알아보는 당신

어느 때에 어느 장소에 있어도 한 번에 눈에 들어오는 사람이 있다. 내가 아무리 흔하게 생기고, 평범한 옷을 입고 있더라도 나를 한 번에 발견해 주는 사람이 있다. 서로에게는 너무 특별하게 비추어지는 우리이기에.

네가 없으면 세상
모든게 재미없어

네가 없는 하루

내게 소중한 사람들이 존재하지 않는 세상을 떠올려 보면 마치 색 바랜 도화지 같다. 모든 게 칙칙하고 재미없는 어두컴컴한 세상. 그 어떤 화려하고 멋지고 의미 있는 일일지라도 함께 어울릴 사람들이 없다면, 나에겐 별 의미가 없다.

자! 이제 마음에드는 이성 앞에 줄을 서주세요
다 너무 예쁘네
예쁜애들 앞에 안서고 왜 저한테왔죠? 동정해요?
척
제눈에는 그쪽이 제일 예쁜데요?

세상에서 제일 예쁜 사람

세상에서 제일 예쁜 사람은 내 눈에 예쁜 사람이다. 남들 눈에 잘나고 못난 건 소용이 없다. 오롯이 내 눈에 예쁜 사람이 나의 세상에서는 가장 예쁘다. 그러니까 내가 하고 싶은 말은, 그대가 세상에서 가장 아름답다는 것이다.

나를 위해서 하늘의 별도 따줄 수 있어?
쌉가능
니가 원하는건 다해준다
이거 다 네꺼야

그럴 거야

네가 원하는 건
뭐든 다 해줄 거야.

네가 좋아하는 건
뭐든 다 이뤄낼 거야.

네가 생각하는
그런 사람이 될 거야.

넌 이 모든 걸 이미
나에게 주었으니까

그렇게 할 거야.

너만 보인단 말이야

유치한 사랑은 극본이 짜인 드라마에서나 존재하는 거라고 생각했다. 현실에서 만나는 사랑은 그렇게 동화 속 주인공처럼 무조건 해피엔딩을 맞이할 수 없다고 단념했다. 그래서 사랑 노래도 내게는 우습게만 느껴졌다. 적어도 당신을 만나기 전까지 말이다.

처음으로 누군가를 지키고 싶다는 감정을 배웠다. 상대방의 슬픔과 아픔을 대신 겪고 싶다는 감정을 배웠다. 그에게 내가 가질 수 있는 것보다 더 큰 무언가를 주고 싶다는 감정을 배웠다.

사랑은 단순히 혼자서는 살아갈 수 없는 인간이 자신이 가진 외로움을 떨치고자 가지는 감정이 아니었다. 누군가를 사랑한다는 마음은, 누군가를 나 자신보다 생각하고 아낀다는 마음은, 내 외로움을 덜어내는 것을 넘어 혼자서는 경험하지 못할 감정을 배우고 느끼게 해주었다.

나를 자꾸만 다채롭게 만드는 사람. 자꾸만 내 마음을 사랑으로 채우게 만드는 사람. 유치하다고 생각했던 사랑 노래를 흥얼거리며, 낯 뜨거운 말들을 손으로 썼다 지우기를 반복하게 만드는 사람. 사랑이 이렇게 아름다운 줄 알았더라면 조금이라도 더 빨리 당신을 만났을 테다.

나 원래 그런놈이 전혀 아니었는데
에?
참 좋은사람
나밖에 모르는 놈인데
헹
오빠는 넘 착해
자꾸 듣다보니 나도 모르게
요것두
성실
좋음
착함
멋짐
정말 그런사람이 되었어
다녀올께

자주 듣는 말

아무리 생각해도
나는 그런 사람이 전혀 아닌데
네가 건네는 얘기를 듣다 보니
점점 그렇게 변해간다.

그저 너의 믿음에
상처 주기 싫은 마음뿐이었는데.

네가 다치지 않았으면 좋겠다는
내 마음이 모이고 모여
이렇게 나를 변하게 했다.

네가 생각하는 사람에 가까워지면서,
예전의 내가 어떤 사람이었는지
그만 잊어버렸다.

키는 크고
예쁘으면 좋겠어
이상형이
뭐야?
전문직에 오직 나만
사랑해주는 사람
...
이왕이면
부자였으면
좋겠네
먼저 그런 이상형에
어울리는 사람이
될거야!
오

당신에게 어울리는 사람

날씨가 화창하던 어느 날, 구름처럼 문득 한 생각이 일었다. 사랑스러운 당신, 예쁘고 늘 당당한 당신, 자신의 시간을 소중하게 쓸 줄 아는 당신에게 어울리는 사람이 되고 싶다고.

Free Hug
꽈악
끄억
자기야!
풀썩

맞지 않는 사랑

자신의 사랑의 크기와 맞지 않는 사랑은 부작용이 생기기 마련이다. 사랑의 크기와 모양이 비슷한 사람들끼리 만나야만 서로 외롭지 않을 수 있다. 동일한 사랑의 크기를 여러 개로 나누는 사람은 위험하다.

내게 어울리는 사람

연애 전문 상담사가 한 프로그램에서 해준 말이 기억에 남는다. "진정한 사랑은 그 사람으로 인해 변한 내 모습에 만족하는 것이다"라는 말. 나를 더 좋은 사람으로 이끌어 주고, 나조차도 몰랐던 나의 숨은 장점을 찾아내 나를 빛나게 해주는 사람과의 사랑만이, 진정으로 올바르고 건강한 사랑이라는 것이다.

그 사람을 만나 좋은 점 하나 없던 내게도 나름 괜찮은 구석이 있다는 걸 알게 되었다. 그리고 언제나 밝게 빛나는 그에게 조금이라도 어울리는 사람이 되고자 노력하다 보니 나 또한 점점 더 좋은 사람이 되었다.

사랑하면 오직 사랑하는 사람을 통해서만 행복을 얻을 수 있을 거라고 생각했는데, 매일 그와 함께하는 순간뿐 아니라 하루가 다르게 변하는 나를 통해서도 행복을 느끼고 있다.

나를 더 좋은 사람으로 만들어준 그에게 나 역시 더 큰 사랑으로 보답하고 싶지만, 나의 사랑이 혹 그를 아프게 할까 봐 가끔은 두렵다. 내 사랑을 어떻게 하면 다치지 않고 전달할 수 있을까.

건네는 사랑조차 소중하게 다듬게끔 만드는 사람, 나를 좋은 사람으로 바꿔준 사람. 나에게 그런 사람이 있어 참 다행이다.

뒤에서
밀고 있는거 마자?
너야말로
밀고있는거지?
우리끼리 싸우냐..
상대는 맨앞녀석인데!

화를 내야 할 상대

우리는 정말로 화내야 할 대상을 모른다. 불행한 사람들끼리 싸우지 말고 우리를 싸우게 만드는 사람들에게 분노해야 한다. 분노가 올바른 방향으로 향해졌을 때 비로소 더 나은 세상이 만들어진다.

우린 인턴을 뽑지만
경력은 5년이상 돼야해요
네?
최씨~ 명퇴를 축하해
그동안 고생했어!
네?
늙은이들이 나가야
우리들이 취업
한다구!
타닥
요즘 젊은 것들은
끈기가 없어!
타닥
아빠?
아들

사람과 사람

청년과 노인은 다른 집단이 아니다. 서로 '다른' 존재가 아니라 '연결'된 존재다. 시간이 지남에 따라 청년은 노인이 되고, 노인들이 걸어온 길은 곧 청년들이 걸어갈 길이 된다. 같은 길을 걷고 있기에, 차이점에 주목하기보다는 서로를 이해하려는 노력이 필요하다.

힝힝
좁아
나와
비켜!
씨X
누가 좀!
망했어
괴로워
짱나
조용히들 안하냐!
공정

모두가 함께할 수 있게

세상에는 애초에 '공정'이 존재할 수 없다. 태어날 때 이미 집안과 주변 환경이 정해지며, 심지어 학습 능력, 신체 조건, 다른 모든 재능까지 타고나기 때문이다. 출발선이 다른데 공정만 내세운다면 더 불리한 조건에서 출발한 사람들에게는 불공정한 일이 될 수 있다.

날 괴롭힌 녀석들에게
영원히 괴롭혀 주겠어!
흐흐
흐흐
영원히 복수하는 것보다
우리랑 같이놀자
이게 뭔데
즐겁지? ♥
넵
피닭아

미워하는 마음보다 사랑하는 마음으로

공포영화에 나오는 원한이 깊은 귀신을 보면 안타깝다. 복수하고 사람들을 괴롭히는 것보다, 전 세계를 누비며 좋아하는 사람들을 만나고 세상의 좋은 것들을 즐기면서 살면 마음이 더 풀어질 것 같다.

모두들
나의 노래를 들어줘
모든 이들이
행복해져라!

행복의 노래

우주 멀리 멀리까지 퍼지는 모두가 행복해지는 노래. 주변이 행복해져야 내가 행복해진다. 내가 행복해져야 주변이 행복해진다. 모든 존재가 다 행복해지길.

엉?
철썩~
주머니에 뭐가 있는데?
쓱
철썩~
인상쓰니까 더못생겼네
힘 좀 내고 다녀
철썩
누가 못생겼다는 거냐!

그래도 웃었으면 해

"인상 쓰면 못생겨지니까 웃고 다녀", "인상 쓰고 다니면 다가오는 복도 멀어진대", "잘 웃는 사람에게 행복이 따라와". 사실은, 굳은 얼굴이 걱정되어 피식하고 웃어줬으면 하는 마음에 하는 말.

우리가 놓치고 있는 사실

착하게 살면 세상의 경쟁에서 밀려난다는 말에 사람들은 독기를 머금기 시작했다. 미운털이 박힐지언정 호구처럼 손해 보고 싶지 않다는 마음들이 모여 세상은 어느덧 이기심과 분노로 가득 차게 되었다.

세상은 점점 더 다급해지고, 이해는 사라졌다. 철저히 가두고 숨겼던 개개인의 분노가 사회에 돌아다니면서 다치고 외면받는 사람들이 많아졌다.

나를 지키기 위해 겨눈 칼의 끝을 잘 살펴보면, 어쩌면 그곳엔 내 가족이, 소중한 친구와 연인이 서 있을 수도 있다. 반대로 나 역시 그들에게 이미 깊은 상처를 받았을 수도 있다.

차갑게 식은 사회에서 필요한 것은 서로를 경계하고 적대시하는 날카로운 창이 아니라 서로를 품어주는 따듯한 온기다. 팍팍한 하루를 버티고, 또 살게 만들어주는 건 누구를 증오하고 미워하는 마음이 아닌 배려와 연대, 함께 더 나은 사회를 만들고자 하는 따스한 마음이다.

직장에서
쫓겨났어
빨래도 하고
청소도 했는데
늙었다고 결국
버림받았어..
쓱
이제 뭐먹고
살지.. 배고파

갈 곳 잃은 생명들

해마다 10만 마리의 반려동물들이 버려지고 있다. 반려동물이 수명을 다할 때까지 키우는 경우는 20%가 안 된다고 한다. 단지 귀여워서, 혹은 본인의 외로움을 달래기 위해 반려동물을 맞이하지 않았으면 좋겠다.

밤마다 왜이렇게
짖는거야
멍
멍
부추야 조용히해
잠 좀 자자
멍
멍
비켜! 네주인
데려가야해
멍
멍
작년에도 너 때문에
못데려갔다구
제길

요정의 자리

눈으로 볼 수 있는 요정이 있다고 하면 반려동물이 아닐까? 늘 가까이 있고 나를 지켜주는 존재, 보기만 해도 행복하게 만든다. 반려 이상의 가치를 지닌 존재들. 더 많이 사랑하고 아껴주고 싶다.

사랑의 끝에는 책임이 따른다

강아지가 지금까지 멸종되지 않고 인간과 공존할 수 있었던 이유는 단순히 귀엽고 공격적이지 않아서가 아니다. 늑대와 거의 동일한 유전자를 가진 강아지가 그들과 다른 게 딱 하나 있다면, 강아지에게는 사람을 맹목적으로 믿고 따르는 유전자가 있다는 것이다.

사람과 함께하기를 좋아하고 사랑받기를 원하는 본능이 내재하기 때문에, 강아지들이 지금까지 인간과 조화를 이루며 살아갈 수 있었다.

그런 아이들이 오늘도 길거리에서 방황하고 위태로운 삶을 이어가고 있다. 단순히 털이 날려서, 너무 자주 짖는다는 이유로, 처음에는 세상 모든 것을 다 해줄 것처럼 데려왔다가 금방 흥미가 식어 무책임하게 남에게 떠넘긴다. '어쩔 수 없었다'라는 말 한마디가 그들이 하는 유일한 변명이다.

하나의 생명을 책임지고 끝까지 키운다는 건 많은 수고와 비용이 따른다. 단순히 귀엽다는 이유 하나로 해결할 수 없는 무거운 문제들이다.

말하지 못한다고 감정을 느끼지 못하는 것은 아니다. 인간과 똑같이 이별의 슬픔을 알고, 버려지는 아픔을 느낀다. 우리에게 말을 건네지는 못하지만, 그들은 매일, 매 순간 우리에게 몸으로 표현한다. 제발 나를 버리지 말아 달라고.

4장

언제까지나 함께하고 있어

밀지마!
줄서!
재벌부모
중산층부모
가난부모
와글
와글
와글
부모 잘골라야해
거기 왜 서냐?
가난부모
일로와~
엄마랑 다시
만나기로 했거든
가난부모
헉
건강한아기
에요!
감사해요
ㅠㅠ
응애
응애

이별을 반복한 인연

수억 개의 별 중 당신이라는 별을 만나, 이별과 만남을 수없이 반복하며 가슴으로 눈물 흘려야 했다. 그래도 나에게 다시 기회가 주어진다면, 어김없이 당신이라는 별을 향해 몸을 던질 것이다.

널 위해서 뭐든 다해줄거야
그럼 나도 엄마를 위해서 살아야 하는거야?
• • •
아니! 넌 너의 인생을 위해 살아
엄마도

이제 나를 보지 말아

자식을 위해 뭐든 해주시는 부모님, 희생이 일상이었던 부모님, 이제는 당신들의 인생을 위해 사셨으면 좋겠다. 자식을 하나의 독립된 인격으로 받아들이고, 자식과 친구가 되어 서로를 응원해 주면서 각자의 인생을 향해 나아갔으면 좋겠다.

어머니, 당신이 들려준
평범한 이야기들은
의사선생님!
엥엥
시간이 흐르고 흘러
우리애가 아파요
엥엥
아
전괜찮아요
어머니 발에
피가 나요..
엥엥
맨발
제 마음에 시가
되었어요
이젠 제가
업어줄께요
엄마

맨발의 엄마

엄마는 아픈 나를 업고 맨발로 거친 바닥을 밟으며 달리곤 했다. 엄마가 들려준 평범한 이야기들은 차곡히 모여, 일상의 삶을 하루하루 버티며 살아가게 만드는 특별한 이야기들이 되었다.

엄마는 왜 맨날
검은옷만 입어?
이게
편해
엄마도 좀 꾸미고
본인 인생을 좀 즐겨
?
그래
그래
야! 네손을 봐바
내손?
네손이 닿는 곳마다
검게 변하는데도 엄만
널 안고 키웠어
우리아들
엄마

손이 검은 아이

아이의 손이 닿을 때마다
세상 만물이 검게 물들었다.
아이를 안은 엄마 역시
온몸이 검게 변했다.

어른이 된 아이는,
엄마가 엄마라는 이름에서 벗어나
더 자유롭게 살길 바랐다.

하지만 아이는 자신을 위해
기꺼이 잿빛이 되어버린 엄마에게
마음을 표현하는 법까지는 알지 못했다.

우리가 맺은 인연을 후회하지 않습니다

엄마라는 단어만큼 쉽고 어려운 게 또 있을까. 세상에 태어나 가장 많이 불렀으면서도 가장 잘 알지 못하는 단어. 상처받다가도 돌아서면 그리워지는 이름. 흔하디흔한 그 단어가 문득문득 나를 울컥하게 만든다. 당신은 내게 언제나 그런 존재였다.

한때는 엄마의 도움 없이 혼자 할 수 있는 일이 늘어날 때마다 기뻐했었다. 처음으로 혼자 버스나 지하철을 타거나, 볼일을 보러 먼 시내까지 혼자 다녀온 날에는 이제 엄마의 도움 없이 척척 내 일을 완수하는 어른이 된 것만 같았다.

'나 이제 엄마 없이도 혼자 잘할 수 있어.' 분명 엄마가 뿌듯해하실 줄 알았는데 내 말을 들은 엄마의 표정이 급격히 어두워졌다. '이제야'라는 단어보다 '벌써'라는 단어가 어울리는 얼굴이었다.

벌써 내 아이가 이만큼이나 자랐구나. 당장이라도 떠날까 두려워하는 엄마의 표정을 보면서 깨달았다. 벌써 다 자란 엄마는 내가 없으면 안 되는구나.

다 커버린 지금 나는 엄마에게 이렇게 말해주고 싶다. 이제는 대부분의 일을 혼자서 할 수 있는 어엿한 성인이 되었지만, 내 삶에는 엄마 당신이 필요하다고. 엄마 없이 혼자서도 살아갈 수 있는 세상 따위는 애초에 존재할 수조차 없었다고.

몇 번의 생을 돌고 돌아 이별과 만남을 수없이 반복하고도, 나는 보이지 않은 저 먼 곳에서부터 엄마를 찾아낼 것이다. 그리고 나로 인해 더러워진 그 두 손에 얼굴을 묻고 사랑한다고 몇 번이고 말해줄 것이다.

까똑
에구
에구
12:33
사랑하는 딸
엄마!
이번달에도
못내려가
미안~
엄마는 괜찮아
바쁜데 밥 잘챙겨먹고
건강 잘챙기렴
아줌마!
인제 일할
시간이야!

서로의 역할을 바꿀 시간

어머니가 건강을 위해 일하시는 것은 좋지만, 돈 때문에 일하진 않으셨으면 좋겠다. 그동안 고생을 많이 해오신 어머니에게 여유와 평안함만이 가득하도록 이제는 내가 어머니를 지켜드리고 싶다.

엄마 이제 우리 갈께요
또 올께요
둘이 싸우지말고 잘살아
알겠어
에고
털썩
혼자서 애들이나 장가보내느라 고생많았어

작고 외로운 등대

어머니는 홀로 남자아이 둘을 키워내셨다. 작은 몸으로 한시도 얌전하지 못했던 사내아이들을 키워내어 한 가정의 가장으로 만들어주신 어머니. 그 엄청난 사랑에 감사하다.

일인칭 의자

봄볕 냄새 가득한 사진 속에
무뚝뚝하지만 자상한 아빠와 수줍은 미소를 띤 엄마,
어리고 몸이 약한 내가 있다.

아빠가 떠난 여름, 동네에서 함께 놀던 녀석이
갑자기 수다쟁이가 되어 내 옆에 남았다.

낙엽이 지는 줄도 모를 만큼 아팠던 가을,
아이를 가진 나의 옆에서 남편은 늘 걱정이 많았다.

유난히 시렸던 겨울, 나는 아이와 남편을 남기고
가늘고 짧은 삶을 조용히 정리했다.

많은 이들이 함께 머물러주었던 일인칭 의자.
소중한 사람들이 그 곁을 채워주어서 참 행복했다.

난엄마한테
평생 속고살았어
내가 세상에서 제일
잘나고 똑똑하다며!
내가 정말 잘나고
똑똑했다면..
아픈엄마를 혼자두고
떠나지 않았을꺼야
우리딸
죄송해요

조건 없는 사랑

엄마는 나를 낳으시고 건강이 나빠지셨다. 엄마가 아픈 게 전부 내 잘못 같아, 온갖 방법으로 아픈 엄마 곁에서 떨어지려 했다. 엄마는 멀어지려는 나를 단 한 순간도 원망하지 않으셨다. 엄마는 그저 그런 나를 보며 착한 딸, 이쁘고 공부 잘하는 효녀라며 칭찬만 해주셨다.

할만큼 다했어
나 독립할래
절대 안돼!
아니! 혼자
어떻게
살려구
나도 내
인생을
살거야
안녕!
철썩
할머니~
거기 계시면
위험해요
어쩔티비

잃어버린 존재를 찾아서

손자까지 키우며 여가생활 한번 제대로 즐기지 못하신 할머니. 할머니 당신을 위해 한 번쯤은 자유롭게 세상을 사셨으면 좋겠다. 그때는 누구의 어머니도, 누구의 할머니도 아닌, 할머니 당신의 이름으로.

아줌마! 저곳부터 쓸어요
예
아니 청소하는분에게 휴게실이 왜필요하죠?
시끌
휴
엄마! 용돈 좀 줘! 돈필요해
에고
까똑!
딸♡
우리엄마 아니야!
너불러

동상이몽

엄마가 된 여자는
모든 꿈을 아이에게 양보했다.

아이는 엄마의 꿈이 버거워
점점 비뚤게 자랐다.
아이는 단지 용돈 몇 푼보다
엄마와 함께하고 싶었다.

엄마는 돈을 벌지 않으면
아이를 키울 수 없었지만,
아이는 엄마의 사랑이 없는
순간을 견딜 수 없었다.

철없는 자식이 당신에게 하는 말

유독 돈에 민감하셨던 어머니를 이해하지 못했었다. 고작 세제 하나 사기 위해 온 동네 슈퍼마켓을 쑤시고, 그것도 모자라 집에 돌아와서는 인터넷으로 가격을 알아보는 어머니가 가끔은 답답하기도 했다.

전부 철이 없어 할 수 있는 생각이었다. 시간이 흘러 내가 어른이 되어서야, 그때 어머니의 마음을 이해할 수 있었다. 세상을 살아감에 있어서 돈이 전부는 아니지만, 돈이 없으면 웃음과 행복을 유지하기 어려웠다.

그 사실을 다 큰 성인이 되어서야 깨달았다. '그깟 돈이 뭐가 중요해, 사람이 중요하지.' 허구한 날 내뱉던 그 말을 더는 내뱉을 수 없었다. 점점 나는 돈을 벌기 위해 집을 자주 비우게 되었고, 그만큼 어머니와 함께하는 시간은 줄어들었다.

하지만 나는 여전히 어머니 앞에서 철없는 자식으로 남고 싶다. 돈보다 가족이 중요하다고, 돈이 없어도 함께할 수만 있다면 그걸로 만족하다고, 철없이 어머니 옆에 꼼짝없이 붙어서 그동안의 노고를 갚아드리고 싶다.

철없는 어머니의 자식이 바라는 게 있다면, 이제 젊은 날 누리지 못했던 당신의 여유와 평안함을 즐기셨으면 하는 것이다. 건강을 지키고 사람을 만나기 위해 일터를 나가려는 거라면 상관없지만, 그 이유가 돈이라면 나는 언제나 몇 번이라도 철없이 어머니의 발목을 붙잡고 얘기할 것이다. 어떻게 돈이 어머니 당신보다 중요할 수 있겠느냐고.

92세 이순임
이제가자
머야?
파악
10년후에와! 순임이
아직아니야
안오면
더좋구
나! 저승
사자야!
땅

어둡지 않은 당신의 밤

할머니는 유독 밤을 무서워하셨다.
거동이 불편한 탓에 대부분의 시간을
침대에서 보내야 했던 할머니에게,
밤은 남들보다 더 어둡고 적막했다.

건강이 악화될수록 할머니께서는
언젠가 저승사자가 당신을 데리러 올 거라 하셨다.
그런 할머니에게 나는 저승사자가 있다면
할머니를 지키는 요정도 있다고 말씀드렸다.

할머니의 밤이 칠흑 같은 어둠은 아니었기를.
어느 세상에서든 어둠 없는 낮만이 이어지기를.

당신의 세상과 나의 세상이 다를지라도

어릴 땐 할머니의 세상이 누구보다 가장 크다고 생각했다. 할머니가 직접 경험하고 느끼며 배웠던 세상에 비하면 어린 내가 겪는 세상은 작고도 작아 하찮아 보였다.

그래서 깊게 주름진 손으로 내 등을 토닥이실 때마다 나는 어떤 뜻 모를 안정감을 느꼈다. 그렇게나 큰 세상이 이토록 작은 세상에서 힘들어하는 내게 아무것도 아니라고, 다 괜찮을 거라고, 위로해주는 것만 같았다.

세월이 흐르면서 나의 세상은 점점 더 커지는 데 반해 할머니의 세상은 실수로 잘못 세탁한 셔츠처럼 자꾸만 줄어들어 갔다. 자식들을 키우느라 몸이 굳어버린 할머니께서 구축할 수 있는 세상은 점점 더 좁아져만 갔다. 그렇게 흘러간 10년. 할머니는 그 긴 시간을 홀로 침대에서 보내셔야 했다.

내가 어릴 때 할머니에게서 받은 위로와 사랑을 완벽하게 따라 할 수는 없어도, 할머니의 쓸쓸하고 고독한 침대 위의 밤만큼은 어둡고 무섭지 않게 해드리고 싶다. 그리고 어떤 꿈이든 항상 나를 응원해주셨던 할머니의 긍정과 응원이, 다시 할머니 당신의 인생으로 돌아가 할머니의 여생을 밝혀주었으면 좋겠다.

그래서 더는 할머니의 밤이 무섭지 않게, 지구에서 숨 쉬는 마지막 순간만큼은 누구의 이름도 아닌 할머니 당신 자체의 존재로 떠날 수 있게.

저 의자뭐야 지저분해
내가 아끼는거야
이제 저의자 버리자
싫어요
10년후
너무 낡았어 버리자~
멀쩡해요 아직!
10년후
네 할머니가 아끼던 거란다
이게 머에요?
10년후

할아버지의 낡은 의자

언젠가 할머니께서는 낡은 의자 하나를 가져오셨다.
할아버지는 버리라고 하셨지만,
할머니의 반대로 의자는 늘 그 자리에 있었다.

어느 날 할머니는
낡은 의자를 두고 떠나셨다.
할아버지는 차마
그 낡은 의자를 버릴 수 없었다.

할아버지에게 낡은 의자는
할머니와 함께했던 시간을 불러오는
소중한 추억이 되었다.

5년후에 여기서
다시 만나기로 했는데
번호도 모르고..
지금까지 기억하고
있을리가 없지
훌짝
기다리는 시간도
행복했었다
COFFEE

당신은 내게 추억이라는 이름으로

인연이 끝난 사람이 추억이 되어 오래도록 나의 주변을 맴돌며 허락 없이 내 마음속을 다녀가기를 반복하고 있다. 단호하게 끊어내 버리고 싶어도 끊어지지 않는 인연의 기억은 그렇게 추억이라는 이름으로 남아 나와 함께 살아간다.

금방다녀
올거야
맴
맴
엉엉

네가 있던 자리

내가 유일하게 할 수 있는 일은 결국엔 당신이 올 거라고 믿는 일뿐이었다. 기다리는 것밖에 할 게 없는 나는 몇 번의 계절을 보냈다. 시간이 겹겹이 쌓이던 날, 당신이라는 계절이 돌아왔다. 어쩌면 세상에서 가장 어리석은 것만 같던 일이 세상에서 가장 현명한 일이 되었다.

망망대해에 홀로
외로워
떠있는 삶일지라도
눈에 닿지 않는 곳에서
나와 함께 살아간다

홀로

세상이란 망망대해에서 홀로 쓸쓸하게 살아가고 있다는 생각이 들 때마다 당신의 눈과 귀가 닿지 않는 곳곳에 당신을 응원하며 묵묵히 자리를 지켜주는 존재들이 있다는 것을 기억해주면 좋겠다.

무슨얘길
하고있을까
밥 잘챙겨
먹고다녀
네

밥 먹으라는 말

그 어떤 성공도 사랑도 꿈도 모두 건강이 받쳐주어야 한다. 건강과 뒤바꿔서 이뤄낸 삶의 이후는 결코 행복할 수 없기 때문이다. 그래서인지, 밥 잘 챙겨 먹으라는 말은 무엇보다 커다란 행복을 빌어주는 말 같다.

빛바랜 추억 속에 그대를 남겨두고

세상에 영원한 것이 없듯 모든 사랑과 존재는 나와 함께 흘러가다 어느 한 곳에서부터는 고장 난 시계처럼 자리에 멈춰 앞으로 걸어가는 나를 물끄러미 바라보기만 한다. 한때는 같은 현재 속에서 같은 미래를 그리며 살았는데 이제는 내 과거에만 살아 숨쉬고 있다.

한때는 미련처럼 느껴져 머릿속을 함부로 왔다 가는 추억을 부정했다. 괜히 내 마음만 아프게 한다고, 이런다고 달라지지 않을 텐데 뭣 하러 나를 찾아오냐고, 추억을 미워하고 밀어내기 바빴다.

하지만 시간이 지나 슬픔에 무뎌지고 아프지 않게 기억할 수 있게 되었을 때, 추억의 존재를 받아들일 수 있었다. 그리고 과거 속에 영원히 남겨진 추억들을 웃으면서 마주할 수 있었다.

우리는 현재의 시점에서 미래라는 앞만 바라보고 살지만, 정작 우리를 위로하는 건 다시는 볼 수 없을 과거의 추억 조각들이다.

나의 과거 속에 사는 그대와 다시 만날 수는 없겠지만, 오늘의 나를 완성한 그대와의 추억을 나는 이제 원망하지 않는다. 한때는 같은 시간 속에 같이 흘러갔던 사람아, 이제는 당신의 시간 속에 아프지 말고 잘 살기를 바란다.

뭐하는거야.
어서 가야해
가거라
인사도 못하고 왔어요
남은 가족들이..
이걸 보면서 힘내서
살아갔으면 해요
아빠
언제와?

아버지가 펼쳐놓은 밤

아버지는 내가 학생일 때 돌아가셨다.
당시 가족들은 가정 문제로
모두 흩어져 살았기 때문에
아버지의 마지막 순간을 함께할 수 없었다.

새벽에 전화로 소식을 들었을 때 우리는
각자의 공간에서 소리 없이 긴 시간 동안 울었다.

아버지가 사시던 곳은
별이 빼곡하게 보이는 하늘 아래였다.
남은 가족들은 다시 오늘을 살아가고 있다.

빛나는 별이 되셨을
아버지를 그리워하면서.

아버지는 가족모두를 업고 세상을 걸었다
같이 걸어요
아직 안돼
불지옥 같은 세상에 가족은 피해 받지않게
불이 꺼질 때까지!
아버지도, 아버지의 아버지도 이렇게 했어
나도!
가족을 지키는건 배웠는데 돌보는건 모르겠어

삶의 시간

수많은 아버지들이 자신의 아버지가 살아온 방법으로 가정을 일으킨다. 그렇게 온전히 일에만 모든 걸 바친 아버지들은 은퇴한 후 가정에 쉽게 어울리지 못한다. 은퇴 이후의 삶은 생각할 시간조차 없었기 때문에.

민아
가지마
가지말라고
제발!
서랍에 있는 사탕
누나가 먹어!

무심한 작별 인사

무심하게 인사를 던지고 떠난 동생의 뒷모습이 마지막이 되었다. 동생의 무심한 인사말처럼 슬픔을 덜어낼 여유 없이 바로 일상으로 돌아가야 했지만, 무심한 이별의 무게는 꽤 오래 내 곁에 남아 있었다. 그곳에서는 평안하길.

이별에 익숙해진다는 것

몇 번의 이별을 반복해야 이별에 의연해질 수 있을까. 소중한 사람들을 떠나보낼 때마다, 일상에서 스치는 작고 큰 이별을 마주할 때마다, 벅차오르는 슬픔과 아픔은 언제나 나를 힘들게 한다. 그 슬픔을 감당하기 힘들어 새로운 만남이 두려울 때도 있다. 나를 행복하게 하는 것들은 언젠가는 나를 그만큼 더 아프게 했으니 말이다.

아버지와 동생과의 이별은 유독 더 그랬다. 갑작스러웠다는 표현 하나로 보통의 이별보다 더 특별하고 슬픈 건 아닐 테지만, 빠르게 내 곁을 떠난 아버지와 동생은 묵묵히 일상을 견뎌내는 내게 아직도 참을 수 없는 슬픔으로 남아있다.

예견된 이별이었다면 조금이라도 덜 아팠으려나. 아마 그렇다 하더라도 아버지와 동생의 마지막 앞에서 나는 눈물을 흘리고 말았을 테다.

이별에 익숙한 사람이 되고 싶다는 마음에서 이제는 이별에 강한 사람이 되고 싶어졌다. 그 말은 숱한 이별에도 별 감흥이 없어 아프지 않을 수 있다는 게 아니라, 언젠가 맞이할 이별에 아파질 줄 알면서도 내 주변에 있는 소중한 사람들에게 최선을 다하고 싶다는 의미다.

오늘도 밤하늘에는 투박한 두 손으로 아버지가 내리신 별이 가득하다. 그 옆에는 무심하게 떠난 동생이 아버지와 함께하겠지. 어쩌면 우리 곁을 떠난 수많은 사람도 사실은 눈에 보이지 않은 세상 곳곳에서 각기 다른 형태로 남아 살아있는 우리를 지켜주고 있을지도 모른다. 그들을 생각하며 또 내일의 새로운 인연을 찾아 떠나고 싶다.

Epilogue

기억 속에서
금새 사라져버릴
그림과 이야기들이지만,

당신이 잠시나마
미소짓고 위안받을 수 있다면
그것으로 만족합니다.

늘 보이지 않는 곳에서
응원하고 있겠습니다.

찹
찹
어차피 녹아서 잊혀 질걸 왜 만들어?
찹
찹
모든 창작물은 눈사람같아서
잠깐이라도 누가이걸 보며 행복했으면 좋겠어

너의 모든 순간이 빛나고 있어

초판 1쇄 인쇄 2022년 10월 11일
초판 1쇄 발행 2022년 10월 17일

지은이 꿀김
펴낸이 이부연
책임편집 박서영
마케팅 백운호
디자인 김숙희

펴낸곳 (주)스몰빅미디어
출판등록 제300-2015-157호(2015년 10월 19일)
주소 서울시 종로구 내수동 새문안로3길 30, 세종로대우빌딩 916호
전화번호 02-722-2260
인쇄·제본 갑우문화사
용지 신광지류유통

ISBN 979-11-91731-33-0 (03810)

한국어출판권 © (주)스몰빅미디어, 2022

- 이 책은 저작권법에 따라 보호받는 저작물이므로 무단 전재와 복제를 금지하며, 이 책 내용의 전부 또는 일부를 이용하려면 반드시 저작권자와 (주)스몰빅미디어의 서면 동의를 받아야 합니다.
- 새벽세시는 ㈜스몰빅미디어의 임프린트 브랜드입니다.
- (주)스몰빅미디어는 여러분의 원고 투고를 기다리고 있습니다. 출판하고 싶은 원고가 있는 분은 sbmedia15@gmail.com으로 기획 의도와 간단한 개요를 연락처와 함께 보내주시기 바랍니다.